UN AN

DU MÊME AUTEUR

JEAN ECHENOZ

UN AN

LES ÉDITIONS DE MINUIT

© 1997/2014 by LES ÉDITIONS DE MINUIT
www.leseditionsdeminuit

ISBN: 978-2-7073-2377-4

Victoire, s'éveillant un matin de février sans rien se rappeler de la soirée puis découvrant Félix mort près d'elle dans leur lit, fit sa valise avant de passer à la banque et de prendre un taxi vers la gare Montparnasse.

Il faisait froid, l'air était pur, toutes les souillures blotties dans les encoignures, assez froid pour élargir les carrefours et paralyser les statues, le taxi déposa Victoire au bout de la rue de l'Arrivée.

Gare Montparnasse, où trois notes grises composent un thermostat, il gèle encore plus fort qu'ailleurs : l'anthracite vernissé des quais, le béton fer brut des hauteurs et le métal perle des rapides pétrifient l'usager dans une ambiance de morgue. Comme surgis de tiroirs réfrigérés, une étiquette à l'orteil, ces convois glissent vers des tunnels qui vous tueront bientôt le tympan. Victoire chercha sur un écran le premier train capa-

7

ble de l'emmener au plus vite et le plus loin possible : l'un, qui partait dans huit minutes, desservirait Bordeaux.

Quand cette histoire commence, Victoire ne connaît pas le moins du monde Bordeaux, ni plus généralement le sud-ouest de la France, mais elle connaît bien février qui est avec mars l'un des pires mois de Paris. S'il n'était donc pas mal d'échapper à cette période, elle aurait mieux aimé que ce fût en d'autres circonstances. Or n'ayant nul souvenir des heures qui avaient précédé la mort de Félix, elle craignait qu'on la suspectât de l'avoir provoquée. Mais d'abord elle ne désirait pas avoir à s'expliquer, ensuite elle en eût été incapable, n'étant même pas sûre enfin de n'y être pour rien.

Après qu'on se fut extrait des tunnels, Victoire assourdie s'enferma dans les toilettes pour compter la somme retirée à la banque, ayant soldé la plus grande part de son compte courant. La somme s'élevait en grosses coupures à près de quarante cinq mille francs, soit assez pour tenir quelque temps. Puis elle s'examina dans le miroir : une jeune femme de vingt-six ans mince et nerveuse, d'aspect déterminé, regard vert offensif et sur ses gardes, cheveux noirs coiffés en casque mouvementé. Elle n'eut pas de mal à gommer toute émotion de son visage, faire s'évaporer tout sentiment, cependant elle n'en menait pas large et regagna son fauteuil.

Sens de la marche et zone fumeurs côté fenêtre, Victoire s'efforça d'ordonner et classer ses souvenirs de la veille, toujours sans parvenir à reconstituer le cours de la soirée. Elle savait avoir passé la matinée seule après le départ de Félix à l'atelier, puis déjeuné avec Louise avant de croiser par hasard Louis-Philippe, au Central en fin d'après-midi. C'était toujours par hasard au Central, et fréquemment en fin d'après-midi, que Victoire croisait Louis-Philippe alors que lui, où qu'elle fût et n'importe quand, savait toujours la retrouver dès qu'il voulait. Elle se rappelait avoir pris quelques verres avec lui puis être rentrée peut-être un peu plus tard que d'habitude à la maison – ensuite, décidément, plus rien. Quiconque, à la place de Victoire, eût en pareil cas pris conseil de ses proches mais pas elle, sans famille et tout pont coupé.

Les événements lui reviendraient tôt ou tard en mémoire, sans doute, autant ne pas

9

insister, autant considérer par la fenêtre une zone rurale vaguement industrielle et peu différenciée, sans le moindre hameçon pour accrocher le regard quand elle n'était pas masquée par le remblai. Pylônes, fils électriques et raccords d'autoroutes intersécants, fourragères, lotissements jouxtant des excavations. Isolés dans les friches parmi les animaux absents, se profilaient quelques locaux techniques dépendant d'on ne sait quoi, quelques usines d'on se demande quoi. Bien que de marques et d'essences limitées, les arbres étaient non moins semblables entre eux que les automobiles sur une route nationale un moment parallèle aux rails.

Rien en somme sur quoi se pencher longuement sans lassitude, mais l'intérieur du train, à moitié vide en cette saison, n'apportait guère plus de spectacle. Un couple âgé, trois hommes seuls dont un masseur endormi, deux femmes seules dont une enceinte puis une équipe d'adolescentes à queues de cheval, appareils dentaires et sacs de sport, en route vers le match nul. Plongé dans un ouvrage anatomique, las de marquer toujours la même page, l'index du masseur tremblait par intermittence. Victoire se leva puis, effleurant les dossiers des sièges pour s'équilibrer, se dirigea vers la voiture-bar.

Là, par les baies vitrées, seule avec son quart Vittel, elle regardait ce panorama sans domicile fixe qui ne déclinait rien de plus que son identité, pas plus un paysage qu'un passeport n'est quelqu'un, signe particulier néant. L'environnement semblait disposé là faute de mieux, histoire de combler le vide en attendant une meilleure idée. Le ciel consistait en un nuage uniforme où, figurants sous-payés, croisaient sans conviction d'anonymes oiseaux noirs et le soleil concédait une lumière muette de salle d'attente, sans l'ombre d'un magazine pour patienter. Retournée à sa place, Victoire s'assoupit comme tout le monde jusqu'en gare de Bordeaux.

Elle avait pensé procéder, à Bordeaux, de la même façon qu'à Montparnasse et sauter dans le premier train venu mais plusieurs partaient en même temps, l'un desservant Saint-Jean-de-Luz, l'autre Auch, un troisième Bagnères-de-Bigorre. Histoire de brouiller les pistes, sans trop savoir pour qui, trois fois Victoire tira au sort entre ces destinations puis, comme chaque fois sortait Auch, pour à ses propres yeux les brouiller mieux encore, elle choisit celle de Saint-Jean-de-Luz.

La gare de Saint-Jean-de-Luz donne tout de suite sur le centre-ville, vers le port. Ayant confié sa valise à la consigne automatique, Victoire acheta un plan de la ville dans une maison de la presse et commença de parcourir les rues. C'était le milieu de l'après-midi, les magasins rouvraient parmi quoi les agences immobilières, elle s'arrêtait devant elles pour étudier les locations. Chaque annonce illustrée d'une photo proposait un décor de téléfilm, un début de scénario mais Victoire ne souhaitait pas s'adresser à une agence – frais exagérés, pièces d'identité, formulaires à signer donc traces écrites qu'elle préférait depuis ce matin ne pas laisser derrière elle, qui ne procédait ainsi que pour se donner une idée des prix. Cela fait, son bagage récupéré, Victoire choisit un hôtel dans une rue qui n'aboutissait pas au port.

Elle n'y passerait qu'une nuit. Le lendemain, scotchées sur les portes vitrées des commerces, elle examina les annonces des particuliers. Elle trouva plutôt vite, en fin de matinée, une offre qui pourrait faire l'affaire. Au téléphone, la propriétaire semblait accommodante et rendez-vous fut pris dans l'heure. Le loyer s'élevait à trois mille six cents francs que Victoire proposa de régler en liquide, sur-le-champ, si le logement lui convenait. Il lui conviendrait. Elle y passerait trois mois.

Victoire se rendit à l'adresse indiquée, un pavillon étriqué, rebutant, légèrement en marge de la ville, dans une zone aérée peuplée de couples à la retraite. Un jardin négligé ceignait ce bâtiment terne dont les fenêtres arrière donnaient sur un terrain de golf et les fenêtres avant sur l'océan ; la porte et les volets semblaient fermés depuis pas mal de temps. Assise sur sa valise, Victoire attendit l'arrivée de la propriétaire du pavillon, l'imaginant d'aspect semblable à celui-ci.

Erreur, elle s'y opposait trait pour trait. Visage clair et vêtements clairs, lèvres souriantes et cabriolet corail ton sur ton, cette propriétaire nommée Noëlle Valade semblait flotter à quelques centimètres au-dessus du sol malgré son imposante poitrine mais il en est ainsi des imposantes poitrines, certaines vous lestent et d'autres vous exhaussent, sacs de sable ou ballons d'hélium, et sa peau translucide et lumineuse dénotait un végétarisme strict. Ses cheveux prématurément blancs n'étaient retenus que par une pince d'écaille, sans trace d'idée derrière la tête d'aucun coiffeur. Noëlle Valade ne souhaitait pas occuper ce pavillon qui lui revenait après le décès d'une parente, expliqua-t-elle en essayant d'ouvrir la porte, mais elle ne souhaitait pas non plus le laisser se dégrader. La serrure grippait.

Composé d'un salon résigné, d'une cuisine réticente et de deux chambres à l'étage séparées par une étroite salle de bains, le pavillon paraissait à l'abandon : encombré, moite, obscur et dégageant une odeur de moisi pas si désagréable. À l'évidence personne ne l'avait occupé depuis longtemps mais c'était habitable et rien ne manquait, trop de meubles y contenaient au contraire trop d'objets qui adhéraient un peu les uns aux autres. Objets décoratifs pour l'essentiel, les effets de la parente ayant été remis au Secours catholique. C'était brusquement, semblait-il, dans un mouvement précipité que la vie avait quitté les lieux, abandonnant les choses d'une seconde à l'autre pour les laisser s'empoussiérer, se figer à jamais derrière des volets vite refermés. On voyait

14

qu'un livre au dernier moment, on voyait qu'un bol, un coussin s'étaient provisoirement déplacés, transférés sur une desserte, un rayonnage, le bras d'un canapé, soi-disant pour quelques minutes, de fait pour l'éternité.

Du bout des doigts sans trop les approcher, Noëlle Valade montrait les papiers peints disjoints, la baignoire entartrée, les étains sous oxyde, suspendant son geste avant le point de contact, sans que Victoire comprît d'abord si cela relevait d'une répulsion spéciale inspirée par ces lieux ou d'une politique d'ensemble à l'égard des objets. Cependant Noëlle Valade parut éprouver de la sympathie pour sa locataire, ne montra nulle méfiance et réduisit au minimum les formalités de location : ni papiers ni caution, seulement trois mois d'avance en liquide qui voletèrent en douceur, libellules vertes et bleues, du sac à main de Victoire vers le sien.

Ces trois mois fixés par Noëlle Valade traçaient l'avenir immédiat de Victoire sans qu'elle eût à y réfléchir, lui épargnant le souci de prendre une décision sans doute éperonnée d'hésitations. Elle en fut reconnaissante à sa propriétaire qui, appelez-moi Noëlle, lui dessina les grands traits de sa vie. Travaillant dans une banque mais à peine pour la forme, un petit tiers de temps, vivant pour l'essentiel de ses pensions alimentaires, elle avait bien envisagé de se remarier encore mais non, c'est moi qui suis, dit-elle, ma meilleure amie. Elle n'était bien que seule avec elle-même, précisa-t-elle en regagnant sa voiture offerte par son dernier mari (je ne lui ai pas dit merci, je lui ai dit tu sais bien que je ne sais pas dire merci) et dans laquelle, dès le contact mis, surgit une musique immatérielle d'orgue et d'ondes. Puis elle baissa la vitre de son côté. Enfin je suis contente d'être tombée sur vous, sourit-elle à Victoire, je déteste les femmes laides, elles m'obligent toujours à prouver quelque chose. Et comme elle enclenchait la marche arrière, Victoire put vérifier qu'il s'agissait effectivement d'une politique d'ensemble, étendue à toute chose matérielle que Noëlle ne touchait qu'en deçà du bout des doigts, menant son véhicule par influx de faisceaux magnétiques.

Tout le temps que Noëlle Valade avait parlé, Victoire dans les interstices livra le moins d'informations possible sur elle-même. Non par méfiance particulière, en tout cas pas seulement, mais telle était son habitude et Louis-Philippe, souvent, le lui avait reproché. Mais Victoire est ainsi : comme il faut bien parler quand on rencontre du monde, elle s'en sort en posant des questions. Pendant que le monde répond, elle se repose en préparant une autre question. C'est toujours ainsi qu'elle procède, elle croit que le monde ne s'en aperçoit pas.

Après le départ de la propriétaire, demeurée seule devant le pavillon, Victoire le regarda comme si c'était quelqu'un, non sans méfiance, prête à se défendre comme elle se tenait souvent avec les hommes quand même rien ne pouvait la menacer, mais suggérant ainsi qu'on le pût lorsqu'on ne pensait rien de tel. Sans doute ce regard avait-il joué son rôle dans la brièveté des emplois occupés jusqu'ici par Victoire, dans le non-renouvellement de ses contrats à durée déterminée. De fait, ces derniers mois, Victoire n'avait examiné qu'évasivement le marché de l'emploi, cherchant moins qu'attendant une opportunité, comptant moins pour vivre sur ses économies contenues à présent dans son sac que sur Félix qui s'était occupé, jusqu'à la veille, de tout.

Plus tard elle venait d'inspecter le pavillon en détail, d'ouvrir les penderies vides où s'entrechoquaient des cintres et les tiroirs pleins d'objets incomplets : albums photographiques désaffectés, clefs sans étiquette, cadenas sans clefs, manches d'accessoires et poignées de portes, tronçons de bougies, fragments de montants de lit, montre privée de sa grande aiguille. Sur des consoles se dressaient quelques chandeliers vides et lampes sans prise, ainsi que ce qu'on doit appeler un photophore, un soliflore, posés sur des napperons de canevas et de dentelle gâtée. Deux statuettes exotiques attestaient d'un passé colonial.

Dans un placard, parmi les nids à poussière, Victoire mit la main sur deux vieilles boîtes de dragées à ganses rose et bleu passés, prolongées de pompons et glands, contenant encore de petites billes en sucre dont la pellicule d'argent s'écaillait. Au mur elle redressa un portrait d'inconnu. Dans la salle de bains, brosses à dents sans poils et biscuits de savon, croupissaient d'anciens accessoires sanitaires délités et gluants, dégoûtants, moulés dans la première génération de matière plastique. Toutes fenêtres ouvertes, il faudrait attendre quelques jours pour que tout cela perde un peu de son odeur, sans jamais sécher complètement.

Victoire s'installa vite, ne changeant rien à l'arrangement du rez-de-chaussée puis n'usant, dans la chambre qu'elle choisit à l'étage, que d'une commode pour ranger ses vêtements. Elle disposa ses objets personnels – deux livres, un walkman, un petit éléphant d'étain – sur une table de nuit près du lit. Mais elle dissimulerait son argent dans une armoire de l'autre chambre au fond d'un large tiroir contenant des draps pliés. Raides, humides comme tout le reste, ces draps n'avaient pas été déployés depuis longtemps, un trait gris-brun jaunâtre courait le long de leur pli.

Elle vida sa chambre de tous les meubles et accessoires de sorte qu'hormis la commode et le lit, tiré face à la fenêtre dévêtue de ses rideaux, rien ne resta qu'un grand miroir fixé au mur latéral. Ainsi, dans la journée, Victoire couchée n'aurait devant elle qu'un rectangle de ciel telle une page blanche, grise, bleue selon le temps, divisée par une marge centrale au tiers de laquelle une espagnolette posait un point. Les premiers jours elle demeura souvent ainsi, allongée sur son lit, soit qu'elle essayât de penser à sa vie, mais en vain, soit qu'elle s'efforçât aussi vainement de ne point y penser. Régnant en maître autour du pavillon, le silence général ne favorisait pas ces tentatives.

D'un côté, le terrain de golf était assez fréquenté : on y apercevait des groupes de silhouettes, immobiles ou décomposant leur mouvement. De l'autre, quoique visible, l'océan était trop éloigné pour qu'on pût l'entendre. Nul écho non plus n'émanait des demeures alentour bien que Victoire, au bout de quelque temps, commençât de percevoir des sons légers, parfois, aux environs du pavillon. C'étaient des bruits de chute ou de choc discrets, à peine audibles, de nature et d'amplitude variables, étouffés ou mats, parfois suivis de rebonds : une fois ce fut un éclat de verre brisé, une autre un impact de grosse caisse, un grincement bref, un pétard faisant long feu, une seule fois un cri étouffé. Ils survenaient sans régularité, une ou deux fois par jour, certains jours pas du tout. Victoire finit par se mettre à l'affût sans pouvoir établir leur origine. Il suffisait parfois, après que deux jours de suite ils ne se furent plus manifestés, qu'elle oubliât leur existence pour qu'inopinément l'un d'eux vînt rappeler à son souvenir leur série. Au moins, ne se produisant jamais de nuit, ne troublaient-ils pas son sommeil.

Les premiers jours elle partit, chaque matin, lire les feuilles locales et nationales près de l'océan, toujours au même endroit quand le temps le permettait. Le temps le permit souvent et l'endroit, séparé du rivage par une étroite route côtière, était une esplanade pentue en voie d'aménagement, récemment plantée d'arbustes malingres chaussés de film plastique et meublée de bancs neufs. Les premiers jours elle chercha dans tous les journaux – faits divers ou nécrologie – quelque information relative à la mort de Félix, sans résultat. Quand il parut probable qu'il n'en serait plus question, Victoire réduisit ses achats de quotidiens qu'elle finit par ne plus parcourir qu'à peine, les gardant ouverts sur ses genoux tout en considérant l'océan.

Sur celui-ci, quel que fût le ciel, comme des bouées ou des ballons jetés, dérivaient à toute heure des têtes de surfeurs en attente de la vague. Celle-ci paraissant, chacun pour l'attraper se hissait sur sa planche et s'élançait de biais dans sa pente, s'y maintenant quelques secondes avant de se renverser en parabole fluorescente, s'immerger dans l'écume et que tout fût à recommencer. Patientes, sur la petite route ourlant le rivage, leurs compagnes attendaient les surfeurs à l'intérieur de minibus aménagés : passant à leur hauteur en retournant chez elle, Victoire entendait grésiller les autoradios.

Bientôt elle se mit à sortir dans la journée, les après-midi puis même les soirs mais prudemment, comme en convalescence et marchant sur des œufs. Il y avait peu de touristes en cette saison, peu de jeunes inactifs : seulement quelques couples âgés, parfois étrangers, qui photographiaient le paysage, se photographiaient dans le paysage ou priaient un quidam de les photographier ensemble sur ce fond. Ils souriaient alors à leur appareil en le surveillant, leur sourire légèrement altéré par l'idée que le quidam puisse prendre soudain la fuite avec cet appareil. Il arrivait qu'on demandât ce service à Victoire, qui s'exécutait volontiers mais qui d'ordinaire se tenait à l'écart, évitant le champ des objectifs comme des zones de radiations. Elle dut quand même être à plusieurs reprises fortuitement photographiée à son insu, à l'arrière-plan d'un couple au sourire circonspect, et sans doute ces clichés existent-ils encore.

Les jours de grand soleil, il arrivait aussi qu'elle passât un moment sur la plage qui était, comme toute plage en hiver, une vaste étendue désaffectée, inutile, profondément griffée par les puissants tracteurs du service de nettoiement – malgré lesquels restaient encore, enfouis entre deux sables, pas mal de déchets organiques ou manufacturés, oubliés par les baigneurs de la saison chaude ou ramenés par les marées. Peu de monde la parcourait : jeunes couples étroitement étreints ou retraités d'importation, flanqués de gros chiens mordillant une branche ou de plus petits saucissonnés dans un tricot. Victoire s'installait à l'abri, loin de l'eau glacée, dépliait une serviette puis un journal et, assise sur celle-là, feuilletait celui-ci sous son walkman. Elle continuait ainsi à consulter la presse quelque temps, puis cessa de se la procurer dès le lendemain du jour où l'on vint sonner à sa porte.

C'était en début de matinée, vers dix heures, quelque trois semaines après son arrivée, Victoire n'attendait évidemment personne. Passée sans transition de son lit à la baignoire, elle continuait d'y somnoler dans l'eau réglée à la température des draps : le timbre enroué fixé près de l'entrée, en bas, ne lui fit pas ouvrir un œil. On insista, par deux coups brefs, puis on parut abandonner. Le grelot disparu sans laisser d'écho, Victoire immergée n'était même pas très sûre de sa réalité, vingt secondes plus tard elle n'y pensait plus.

L'après-midi du même jour, comme elle vaquait à la cuisine vers l'heure du thé, un courant d'air fit s'ouvrir puis claquer bruyamment la fenêtre de sa chambre. Elle monta l'escalier pour aller fermer le battant mais d'abord, accoudée à la barre d'appui, elle considéra la mer vide.

Pas vide pour longtemps puisque par la droite du cadre, au loin, parut la proue d'un cargo rouge et noir. Inactif pour le moment, accoudé au bastingage, le radiotélégraphiste affecté à ce cargo considérait dans sa longue-vue la côte pointillée de pavillons, les drapeaux flaccides hissés sur les plages et les dériveurs aux voiles faseyantes, affaissées comme de vieux rideaux. Ensuite, au beau

24

milieu du ciel, le radiotélégraphiste observa le bimoteur à hélices traînant une banderole publicitaire environnée d'oiseaux marins traçant des chiffres, sur fond de nuages passant du même à l'autre et du pareil au même. Puis, d'un coup, le vent soudain relevé fit battre sèchement les drapeaux, les voiles se gonflèrent en bulle, un dériveur versa, les chiffres se divisèrent, la banderole ondula dans un spasme et la fenêtre faillit à nouveau claquer cependant qu'à la porte on venait à nouveau de sonner. Retenant le battant, Victoire se pencha silencieusement vers l'extérieur sans reconnaître aussitôt l'intrus qui, tête par avance renversée en arrière, regardait dans sa direction. Mais qu'est-ce que tu fais là ? dit-elle. Ouvre-moi, répondit Louis-Philippe.

Interdite, Victoire le considéra sans se demander comment il avait retrouvé sa trace, descendit l'escalier puis ouvrit la porte. Louis-Philippe avait un peu changé depuis la dernière fois. Certes il était toujours le même petit homme maigre aux épaules oubliées, aux yeux noyés de soucis sous des lunettes épaisses, au front barré de regrets, mais il avait l'air moins affamé que d'habitude et sa tenue était plus soignée. Tombant à pic sur sa personne, nets et repassés comme des billets de banque japonais, ses vêtements soigneusement choisis ne devaient pas l'avoir été par lui. Tu m'as l'air en pleine forme, exagéra Victoire. C'est-à-dire que je me nourris mieux, hésita Louis-Philippe, je m'alimente un peu mieux.

Comme un soir au Central on lui avait fait part de la disparition de Victoire, Louis-Philippe s'était mis à sa recherche et le voilà, tu imagines bien pourquoi je suis là. En substance, lui représenta-t-il, d'après les informations qu'il avait pu recueillir, Victoire n'était pas vraiment soupçonnée de la mort de Félix mais mieux valait, dans le doute, se tenir à carreau. Rester à l'écart, se montrer le moins possible. Sa responsabilité ne serait sans doute pas écartée. Louis-Philippe la tiendrait au courant de la suite des événements. Il allait continuer de se renseigner. Dès ce soir il rentrait à Paris. Sous huitaine il donnerait des nouvelles : n'entreprends rien avant que je t'aie fait signe. Après son départ, Victoire était remontée dans sa chambre d'où, s'étant allongée pour tenter de réfléchir, elle perçut un des chocs discrets déjà repérés, suivi de deux autres. Cette fois ce fut d'abord sous forme de gong, puis de clapotis, puis de frisson de feuilles froissées. Mais pas plus que les fois précédentes elle ne parvint à déterminer leur origine.

Les jours suivants, pour s'occuper un peu, Victoire eut plusieurs fois l'idée de faire le ménage mais s'en tint là, découragée par l'ampleur du projet. Puis elle tenta de s'occuper du jardin, ratisser le gravier, tondre ce qui avait dû former une pelouse ou recueillir dans un panier les branches mortes des géraniums dégénérés – mais d'abord elle ne savait pas s'y prendre, ensuite un outil lui manquait toujours.

Encore un mois vint à passer puis ce fut la société des hommes qui se mit à lui manquer. Négligeant les conseils de Louis-Philippe qui ne s'était pas représenté, Victoire sortit plus fréquemment de chez elle et se montra. Terrasses de cafés, bars d'hôtels, restaurants de poissons dont les bacs d'huîtres dégageaient un parfum de cuir. Mais tout cela sans résultat : si quelques hommes chaque fois ne manquaient pas de l'aborder, jamais aucun d'eux ne faisait l'affaire. Elle dut attendre un beau soir, près du port, pour en trouver un.

Gérard, vingt-deux ans, joli garçon très élancé, plein de sourires à géométrie variable, vêtu d'un manteau de cuir bleu nuit souple usé, de pantalons de velours côtelé noir et de cols roulés ajustés, chaussé de bottines à élastiques, traînait en compagnie d'autres jeunes gens nommés Fred ou Carlo, Ben et Gilbert et son barzoï, et les filles s'appelaient Chris, Gaëlle et Bille avec laquelle Gérard était plus lié. On se retrouvait tous les jours à treize heures à la terrasse du même bar. Gérard leur présenta Victoire qui passa quelques soirs avec eux mais, vu la tête que faisait Bille, préféra bientôt rester chez elle en attendant que le jeune homme la rejoignît, assez tard dans la nuit.

Victoire laissait la porte ouverte et, pendant que Gérard montait l'escalier, les côtes du velours noir produisaient en se frottant les unes aux autres une plainte étouffée, granuleuse, évoquant un roucoulement de pigeon en apnée, dont la tonalité s'aiguisait comme Gérard grimpait de plus en plus vite. Il la retrouvait éveillée dans le noir puis ils s'endormaient une ou deux heures après. Le lendemain matin, surprise quand Gérard se levait le premier, Victoire enfouissait aussitôt son visage au fond de l'oreiller, tâchant de rattraper le sommeil comme sur un quai l'on court après un train en marche. Mais, alors qu'il s'habillait devant la fenêtre, sa silhouette sombre à contre-jour sur le parallélogramme clair, Victoire ayant ouvert l'œil un instant conservait imprimé ce profil sur sa rétine, négatif blanc sur noir, et se rendormait en regardant cette photo de Gérard contre elle, derrière ses paupières closes.

Le jeune homme, malgré tout, la vouvoyait toujours, ayant du mal à se mettre au tu. Même quand la nuit, couchés, voluptueusement on roulait à la deuxième personne du singulier, il suffisait d'un rien, pause ou diversion, pour qu'il reprît l'usage du pluriel. Et parmi tous les agréments qu'il procurait, les promenades en voiture avaient aussi du bon. Doué pour la mécanique, entretenant soigneusement une Simca Horizon périmée de couleur beige qui ne présentait ni le charme de l'antique ni le confort du neuf, Gérard fit faire à Victoire quelques tours dans le pays, plages et Pyrénées, allers-retours en Espagne, déjeuners dans les épiceries de montagne égrenées sur le pointillé de la frontière. Ce fut au cours d'un de ces déplacements que la voiture, une fois, fut arrêtée par un contrôle de police routinier : papiers du véhicule. Pendant que Gérard fouillait ses poches, Victoire s'était légèrement tassée sur son siège en regardant droit devant elle, une main crispée sur la poignée de la portière. Puis, comme on les avait laissé repartir, Gérard en se tournant vit que Victoire avait changé de visage, ça n'a pas l'air d'aller ? Rien, dit Victoire, non. Vous faites une tête, insistait Gérard, c'est la police ? Non, répéta Victoire, rien. Il eut un de ses sourires, ils se turent avant de parler d'autre chose deux kilomètres plus tard.

Louis-Philippe reparut courant avril, mais ne s'attarda pas plus de quelques minutes. Il ne se risqua même pas dans le pavillon, préférant parler à Victoire près de sa voiture, une petite Fiat blanche sans importance, portière ouverte, sans même couper le contact. L'air absent, s'excusant de ne pas s'être manifesté plus tôt, Louis-Philippe assura profiter de ce qu'il passait dans le coin pour apporter quelques nouvelles. Celles-ci se résumaient à peu de chose. Il semblait que rien n'eût progressé, que la mort de Félix restât affaire pendante et que Victoire, dans l'expectative, dût rester au calme et dans la discrétion. Cela dit, comme faute de mieux on s'en allait risquer de parler du temps, une brève explosion sèche suivie d'un cliquetis de cascade vitrée se firent entendre à l'arrière de la voiture. On se retourna, on observa que la glace arrière du véhicule venait de s'orner d'une cavité circulaire de cinq centimètres de diamètre et dont la couronne se craquelait. Sur la plage arrière, parmi les débris de verre Securit, reposait à présent une balle de golf de marque Titleist n° 3. Ayant émis un juron bref, Louis-Philippe empocha la balle avant d'embrayer en grommelant.

Victoire, ayant enfin compris l'origine des bruits anonymes qui l'intriguaient depuis son arrivée, découvrit les semaines suivantes d'autres balles dans le jardin, échappées de leur territoire par-dessus les blocs et chicanes de buissons ceignant le terrain de golf. Son œil s'étant habitué à discriminer les petites sphères blanches à peau d'agrume, chacune semblait dès lors en engendrer une autre comme si leur forme, une fois identifiée, permettait de les reconnaître indéfiniment, plus tard elle en ramasserait encore beaucoup d'autres. On les trouvait éparses dans les rues et les jardins voisins comme des œufs de Pâques aléatoires, coincées dans les mailles d'un grillage, en attente au creux d'une gouttière, en souffrance au fond d'un talus.

Ces balles perdues tombaient aussi de temps en temps, les cabossant, sur les voitures et même parfois, les assommant, sur les voisins. Victoire prit l'habitude de les récupérer, les fourrant dans sa poche avant de les accumuler dans l'armoire de la chambre inoccupée, au-dessus des draps derrière quoi se dissimulaient ses économies. D'abord elle ramassait celles qu'elle trouvait, au hasard de ses promenades, puis cette collection devint une fin en soi, peut-être un peu envahissante : Victoire ne sortait plus sans les rechercher systématiquement, échouées çà ou là, plus ou moins tachées d'herbe et de terre et de marques Hogan et Maxfli, Pinnacle et Slazenger, numérotées de 1 à 4, toujours elle dirigeait son regard vers le sol. Deux semaines passèrent encore, les jours avec les balles de golf, les nuits avec Gérard qui disparut comme suit.

Victoire, la première nuit qu'il fit défaut, ne s'était pas éveillée vers l'heure habituelle de son arrivée, comme si elle avait prévu cette absence. Elle se trouva juste surprise, et la tête creuse, d'ouvrir les yeux face au rectangle ce matin-là gris fer de la fenêtre, seule. Un peu surprise mais soulagée, plus surprise encore d'être soulagée, Victoire fit un café qu'elle but seule sur une chaise de paille traînée dans le jardin, sous un châle, ses yeux fixes ou mi-clos sous le ciel orageux. Celui-ci déconseillant de sortir, elle passa la journée chez elle, chauffant une conserve et se couchant à vingt-deux heures trente avec un livre.

Cette fois elle s'éveillerait au milieu de la nuit, tenterait de lire dans le noir l'heure sur sa montre avant d'allumer sa lampe, trois heures vingt-cinq. Elle éteignit pour aussitôt rallumer, sachant qu'elle ne se rendormirait pas ni ne recourrait au livre, au walkman, à rien. Debout, mobile, Victoire parcourrait toutes les pièces du pavillon, ce qui prendrait peu de temps, les parcourrait deux fois, poussant deux chaises à leur place en pliant un vêtement abandonné sur un dossier, repoussant un pot de fleurs, trois assiettes dans l'évier. À cette heure de la nuit, tout bruit décuple son écho, le moindre entrechoc donne un pizzicato, lorsque Victoire s'y mit la vaisselle produisit une symphonie, l'aspirateur un opéra puis, objet par objet, Victoire très énervée se mit à nettoyer tout objet sous toutes ses faces : ménage à fond.

Deux heures plus tard il faisait toujours nuit mais chaque chose avait pris l'éclat du neuf sous l'électricité, Victoire n'ayant rien négligé sauf les vitres qu'on ne fait bien qu'au soleil. Mais, toujours trop agitée pour retourner se coucher, elle entreprit alors un inventaire systématique de la maison. Ce faisant elle se voyait fébrile, s'inquiétait et se moquait de sa fébrilité, poussait irrégulièrement de brefs éclats de rire. L'un après l'autre elle ouvrit les placards, les tiroirs, les nettoyait après les avoir vidés de leur contenu qu'elle remettait en place également nettoyé. Le rez-de-chaussée, d'abord, puis l'étage : sa chambre puis l'autre chambre jusqu'à l'armoire contenant, dans le tiroir du bas, ses balles de golf et son argent liquide sous les draps. Il était alors près de six heures du matin.

Mais une fois les draps retirés, elle resta presque une demi-minute immobile en essayant de comprendre ce qu'elle voyait. Puis elle passa sa main dans le fond du meuble, à plusieurs reprises, comme si cela ne pouvait

34

la convaincre que, si pas une balle ne manquait, en revanche il ne restait plus un seul billet. Tout l'argent s'en était allé.

Baignée, maquillée, parfumée, Victoire s'installa peu avant midi à la terrasse d'un café sur le port. Le ciel était couvert comme la veille, l'air humide et frais, les tables constellées de gouttelettes et personne d'autre qu'elle n'occupait la terrasse. Victoire paraissait calme bien qu'elle se reprojetât, sans cesse, la scène du tiroir vide devant l'armoire. À cet instant le vacarme domestique avait fait place à un silence beaucoup plus tumultueux. Penchée vers le meuble, Victoire s'était lentement redressée puis aussitôt repenchée pour extraire de sa cage le tiroir vide et regarder encore au plus profond du meuble, comme si le papier-monnaie pouvait traverser le chêne. Elle avait même agité le tiroir renversé, d'où n'étaient lentement tombées que des particules. Ensuite, le tenant par sa poignée comme une valise, elle était passée dans sa chambre et s'était dirigée vers la fenêtre par où le jour tardait à s'annoncer. Comme elle glissait devant le miroir elle s'était arrêtée puis, surprenant le reflet de son visage, elle en avait laissé tomber le tiroir à ses pieds.

Mais à présent Victoire, qui a recouvré son contrôle de soi, patiente sans voir Gérard paraître vers treize heures comme d'habitude. Les autres arrivent en désordre, plus ou moins éveillés, plus ou moins contents de voir Victoire qui laisse le temps de prendre un café avant de leur demander, calmement, où elle pourrait trouver Gérard. Mais ni Fred ni Chris ni Gaëlle ne savent lui répondre, ne l'ayant pas vu depuis trois jours ; Carlo semble d'ailleurs avoir disparu en même temps ; Bille se comporte plus évasivement, des étoiles de revanche dans les yeux, mais les autres ont l'air sincère, l'émotif Ben est même inquiet. Plus tard, moins facile à joindre, Gilbert répond comme les autres à la question de Victoire, mais avec un sourire en flattant son barzoï qui ne présage rien de bon.

De retour au pavillon du golf, Victoire fit rapidement le point puis ses comptes. Le point, d'abord : rien ne prouvait absolument que Gérard fût pour quelque chose dans la disparition de l'argent, pas plus au fond que Victoire elle-même dans celle de Félix, mais dans ce cas non plus on ne pouvait écarter des soupçons, négliger de sérieuses présomptions. Bien sûr il n'était pas envisageable pour elle de recourir aux services de police, comme Gérard paraissait l'avoir compris. La seule solution consistait donc à quitter ces lieux vers d'autres moins coûteux. Les trois mois de location, d'ailleurs, touchaient à leur fin avec l'hiver. Elle appela, pour lui restituer les clefs, Noëlle Valade qui ne parut pas sensible à l'état de propreté du pavillon, qui promena même un doigt sur le plateau de la cheminée mais comme d'habitude sans le toucher, Victoire faillit lui raconter tout ce qui s'était passé.

Les comptes, ensuite : ayant dénombré deux mille deux cent vingt francs dans son portefeuille, Victoire se rendit à l'agence locale de sa banque où, par prudence, elle ne s'adressa à aucun employé. Une machine du libre-service bancaire lui délivra le solde mal imprimé de son compte qui s'élevait à sept mille neuf cent trente-neuf francs. En composant son code sur le clavier de cette machine, elle éprouva de l'appréhension à l'idée qu'étant recherchée, la transmission du code pouvait signaler aussitôt sa présence. Mais nulle main ne s'abattit sur son épaule, nulle portière brusquement ouverte ne lui barra le trottoir à sa sortie du libre-service. À ce jour, son avoir s'élevait donc à dix mille francs et des poussières, ce qui n'est pas rien mais qui, si l'on n'a rien d'autre en vue, n'est rien.

Cependant, au lieu de répartir cette somme sur le plus grand nombre de jours à venir, la faire durer le plus longtemps possible, Victoire aimait mieux ne pas ralentir trop brutalement son train de vie. Préférant croire que les choses s'arrangeaient, Victoire se mit en quête d'un hôtel correct où passer le temps de voir venir. Ensuite elle aviserait. Au pire elle finirait toujours par décrocher quelque emploi de vendeuse ou de caissière, trouver quelque amant moins indélicat que Gérard, faire même en dernière extrémité la pute à l'occasion, nous verrions. Nous n'étions pas pressée. Nous n'envisagerions ce point vraiment qu'en toute dernière extrémité. En attendant nous prîmes une chambre à l'hôtel Albizzia.

Trois cent vingt francs petit déjeuner compris, c'était à première vue la chambre idéale, pas trop grande, assez basse de plafond, une lumière soyeuse y pénétrait par deux fenêtres ogivales à pots de fleurs. Parquet ciré, baignoire sabot, téléviseur mural, édredon de secours et vue sur un jardin parcouru de fauvettes, planté de pittosporums en liberté conditionnelle et d'une frise de platanes domestiqués. Certes, à ce tarif, l'argent fondrait en moins de trois semaines mais la dame de la réception se montra rassurante : bon sourire et chignon bienveillant, elle parut sous-entendre qu'on pourrait s'arranger après que Victoire, mise en confiance, lui eut exposé sa situation en omettant plusieurs détails. Or le premier matin, réveillée par un congrès de merles, comme elle descendait prendre son petit déjeuner, Victoire s'immobilisa sur le seuil de la salle en apercevant, assis près d'une porte-fenêtre, plongeant un croissant dans un bol, Louis-Philippe immergé dans un journal plié devant lui, remontant ses lunettes sur son nez.

Si la présence de Louis-Philippe à l'Albizzia n'était pas explicable, elle n'était pas non plus sans éveiller un trouble. Lorsqu'il était passé voici quelques semaines au pavillon du golf, tout en regroupant les éclats de verre dans un Kleenex, Louis-Philippe avait grommelé qu'il regagnait Paris le soir même sans préciser s'il reviendrait. S'il résidait en ville, depuis au moins la veille en apparence, il était anormal qu'il ne fût pas venu voir Victoire. Certes il se pouvait que, simplement de passage pour un autre motif, il eût remis cette visite à plus tard, certes. Peut-être aussi, passant au pavillon après le départ de la jeune femme, avait-il trouvé porte close et se serait-il joyeusement exclamé si Victoire, traversant à présent la salle, l'avait surpris dans sa lecture, peut-être. Pourtant, discrète machine arrière, Victoire monta dans sa chambre, referma sa valise à peine défaite, quitta l'hôtel et monta dans un car qui longe la côte atlantique vers le nord.

Cette route est loin des plages, on ne voit pas la mer, on le regrette. On aimerait bien regarder naître et grossir les vagues et se renverser, voir indéfiniment chacune d'elles décliner sa version, son interprétation de la vague idéale, on pourrait comparer leur allure, leur conception, leur succession, leur son, mais non, Victoire descendit du car vers quinze heures à Mimizan. Pourquoi Mimizan. Pourquoi pas. Mais finalement pas : deux heures plus tard elle prit un autre car à destination de Mimizan-Plage.

Sans vouloir offenser personne, c'est plutôt moins bien que Saint-Jean-de-Luz, Mimizan-Plage. En tout cas l'hôtel était beaucoup moins bien. Chambre à peine moins coûteuse et vue sur le parking, réceptionniste eczémateux, personnel distrait, tuyauterie sonore : des coups de bélier faisaient trembler à toute heure les canalisations. Comme on repeignait le dos du bâtiment, les échafaudages bouchaient le jour, deux tronçons de passerelle obliquement reliés par une échelle barraient la fenêtre en z. Personne sur la passerelle du bas mais sur l'autre s'activait un homme dont on ne voyait et n'entendait que les membres inférieurs jusqu'aux cuisses et le transistor. De la sorte le parking, au moins, n'était pas trop visible mais Victoire sut très vite qu'elle aimerait mieux – le printemps se présenterait sous peu – passer le plus de temps possible dehors.

À pied, d'abord. Ensuite les Landes sont un pays si plat que s'impose l'idée du vélo. Ayant estimé de nouveau ses finances, Victoire se permit d'en acquérir un pour un peu moins de mille francs chez un marchand-réparateur qui l'accueillit, par cette période creuse, en libératrice. Victoire sollicita, pour qu'elle y pût arrimer ses affaires, l'installation d'un porte-bagages plus vaste qu'en version standard et tout à son enthousiasme l'homme lui offrit cette option. C'était une sacrément belle bicyclette anglaise à sept vitesses, aux cataphotes rubis, aux rayons scintillants : chaîne veloutée, guidon taurin, cadre olympique, freins à tambours et papillons. Et pompe rétractile. Et la selle grand tourisme vous moulait parfaitement le fessier. Et le soleil brillait.

Victoire se mit à pédaler toutes ses journées. Si c'était d'abord en vue de se promener qu'elle s'était procuré cette machine, sans doute ne perdait-elle pas de vue qu'elle devrait bientôt en obtenir un usage plus rugueux. L'engin de tourisme céderait la place au véhicule utilitaire. Il convenait donc de s'y entraîner. Après des tâtonnements sur le changement de vitesses, virages sur gravillons et déraillements, Victoire finit par pas mal maîtriser l'engin qu'elle rangea dans le garage de l'hôtel d'où, le lendemain matin, malgré les courbatures elle repartit.

Elle y passerait quand même une dizaine de jours, à Mimizan-Plage, le temps de s'habituer au cyclotourisme. Elle n'y fréquenterait pas âme qui vive, ni les commerçants ni les autres clients de l'hôtel, d'ailleurs furtifs et rares à ce moment de l'année. Hors saison, certains jours, Mimizan-Plage, le ciel pâle et le silence y forgeaient une ambiance déprimante de vieux film d'avant-garde revu après sa date de péremption. Victoire, quotidiennement, parcourut la région jusqu'à n'y plus rien découvrir et, ses ressources continuant de maigrir à vue d'œil, finit par se résoudre à changer d'horizon.

La préparation de ce départ l'occupa toute une journée. D'abord elle fit l'acquisition d'un sac de voyage robuste, moyen format, poches latérales, fermeture à glissières, où elle serrerait son équipement. Composer ce nécessaire supposait faire un tri, sacrifier des affaires à contrecœur fut ce qui prit le plus de temps. Victoire dut notamment se défaire d'une robe, deux jupes, trois chemisiers, deux paires de chaussures et autres contingences, ne conservant que l'indispensable, le solide, le pratique et l'imperméable. Ce partage durement opéré, elle enferma sans les regarder ses beaux habits dans sa valise, abandonnée sous clef dans le placard de sa chambre. Puis à vélo, vers l'intérieur des terres, elle prit la route de Mont-de-Marsan qui va croiser au bout d'une trentaine de kilomètres la double chaussée rapide reliant Bayonne à Bordeaux.

Comme toujours en bordure des voies de type autoroutier, se tenaient là deux ou trois de ces hôtels impersonnels et bon marché dont les fenêtres donnent sur des échangeurs, des postes de péage, des rocades. Dépourvus de ressources humaines, toutes les opérations s'y traitent par l'intermédiaire de machines et de cartes informatisées. Leurs draps grattent comme leurs serviettes de toilette en étoffe synthétique jetable. Victoire fixa son choix sur le plus anonyme, un bâtiment sourd-muet appartenant à la chaîne Formule 1.

Aucun local n'y paraissant prévu pour l'entrepôt des bicyclettes, elle choisit une chambre au premier étage afin d'y monter commodément la sienne. Puis elle comprit très vite que dans cette chambre, plus encore qu'à Mimizan-Plage, il serait difficile de séjourner en compagnie du seul vélo, dans l'odeur du vélo. Tous les objets, couleurs et accessoires scellés aux murs comme au ca-chot poussaient au contraire à la fuir au plus tôt, si le temps s'y prêtait. Mais comme il s'y refusa, comme la pluie se mit à battre les jours suivants, Victoire se trouva contrainte de rester souvent là. Recluse à l'hôtel, faute de mieux, elle put se faire une idée des profils de ses usagers.

Ces profils étaient trois, selon la durée d'occupation des chambres. Pour une ou deux heures il s'agissait de couples irréguliers que tôt ou tard, aux yeux de leurs conjoints légaux, dénonceraient leurs relevés de cartes de crédit. Pour une ou deux nuits c'étaient des représentants stagiaires que cette fonction n'empêchait point, à l'occasion, de commettre aussi l'acte adultère. Pour de plus longs séjours enfin, une ou deux semaines, un mois ou deux, ce pouvait être de solitaires itinérants désargentés dans le genre de Victoire et même parfois, s'entassant à cinq dans la chambre, des cellules familiales entières d'itinérants désargentés. Comme ceux-ci, tous les soirs, Victoire mettait ses comptes à jour en arrondissant au franc supérieur, attendant de ne plus disposer que de trois mille francs de réserve pour se résoudre à une vie plus économique. Et voici qu'au bout d'une semaine, avant d'aller se coucher, Albizzia : 320 ; Mimizan (280 x 11 j.) : 3080 ; Vélo : 940 ; Sac : 230 ; Formule 1 (165 x 7 j.) : 1155 ; Nourriture (50 x 19 j.) : 950 ; Divers (hygiène, aspi-

rine, cigarettes, rustines) : 370 ; *Total :* 7045 ;
Reste : 3014 francs donc il était temps d'agir,
Victoire quitta l'hôtel le lendemain à midi
pile, profitant jusqu'à la dernière minute de
son dernier abri.

Les jours suivants, sa vie quotidienne prit
un tour qu'elle n'avait jamais connu. Elle
sillonnait lentement les petites routes à vélo,
sans se risquer hors de la région, au-delà des
Landes, se tenant dans le triangle que déli-
mitent Arcachon, Nérac et Dax. Elle s'arrêtait dans la journée sur les places de villages,
aux fontaines, achetait dans les superettes du
fromage et de la charcuterie sous vide, accompagnés de fruits et de tranches de pain
sous plastique également puis, le soir, cherchait pour dormir un établissement au meilleur marché. Mais les hôtels au-dessous de
cent francs ne courant pas les rues, elle dut
faire encore un ou deux achats supplémen-
taires, couverture et sac de couchage : 360 ;
cartes Michelin 78 et 79 : 32.

La première fois qu'il fallut coucher dehors, Victoire ne s'y était pas assez préparée :
prise de vitesse par la nuit tombée tôt, elle
dut se résoudre à un talus sous un nœud d'arbres en marge d'un chemin, et dormit très

peu et mal. Elle passa tout le lendemain à chercher un abri possible, qu'elle découvrit en marge d'un petit bourg nommé Onesse-et-Laharie. Au revers d'un vieil hôtel à vendre, une porte mal cadenassée donnait sur une remise au plancher défoncé, parsemé de matelas corrompus ; des montants de hauts lits métalliques dessinaient des grilles sur les murs. Victoire put y passer deux nuits de suite mais dans ces villages on vous remarque vite, autant ne pas s'attarder.

Elle roulait, elle erra sur des routes rectilignes et plates, parfaitement perpendiculaires aux arbres. Artificielle comme un lac, la forêt consiste en rangs parallèles de conifères, chacun ressemble à ses voisins disposés de part et d'autre de la route en glacis géométrique. Et comme Victoire se déplace les rangs se déplacent aussi, son regard découpe un mouvement perpétuel de perspectives, un éventail sans cesse redéployé, chaque arbre tient sa place dans une infinité de lignes qui fuient en même temps, forêt soudain mobile actionnée par le pédalage. Pourtant, pareils à leurs prochains et réduits au servage, les conifères ont avec leur indépendance abdiqué jusqu'à leur identité, leurs déjections mêmes fournissent un sol de décorateur diplômé : moquette blonde à motifs, lit d'aiguilles satiné décoré d'une branche morte par-ci, d'une pomme de pin par-là, traitée antitaches et antifeu. Pour animer le tableau, un service minimum de ragondins, palombes, écureuils et d'autres encore crée des diagonales et pousse des cris, le vent froisse les arbres en harpe, les scies mécaniques sanglotent au loin.

Tout le temps que ses trois mille francs permirent de subvenir à ses besoins, Victoire se tint à l'écart des grandes villes. Comme les nuits allaient s'adoucissant, elle s'habitua plus vite qu'elle aurait cru à dormir dehors, à repérer les coins tranquilles. Pour se nourrir, il lui était arrivé les premiers jours d'aller dans les restaurants les moins chers, elle abandonna vite, moins pour l'argent que pour l'espace : on ne sort d'un restaurant que pour rentrer chez soi, en sortir pour ne rentrer nulle part revient à se retrouver doublement dehors. Donc elle prit aussi l'habitude de se nourrir seule, tournant au monde le dos.

Arriva le jour où, voyant s'amenuiser dangereusement ses ressources, Victoire dut envisager de bientôt mettre un terme à ses déplacements de village en village à travers la forêt. Elle allait se voir contrainte de s'approcher des villes, plus vastes et peuplées, où se retrouvent les personnes sans domicile fixe qui peuvent y parvenir à survivre moins difficilement. Mais plus tard. Elle resterait à la campagne tant qu'elle le pourrait. Puis arriva encore ceci, dans le miroir d'une pharmacie, qu'elle n'aurait pas cru voir se produire un jour : comme elle n'avait presque plus de vêtements de rechange, ni de produits de maquillage ni quoi que ce fût pour se laver, ni plus aucun argent pour y remédier, son apparence avait commencé de se dégrader. Elle se rapprocha du miroir : bien que n'ayant jamais rien entrepris dans ce sens, toujours différé cette idée, il était clair qu'avec cette tête il était un peu tard pour chercher un emploi ou quelque chose, et le lendemain de ce jour on lui vola naturellement sa bicyclette.

Le bourg qui s'appelle Trensacq inspire confiance et ne laissait rien présager de tel. Victoire avait garé son engin devant l'unique épicerie, l'y avait laissé le temps d'acheter une brique de lait. Mais une fois sortie de l'épicerie, la rue était déserte et le vélo plus là. Dans une vie antérieure Victoire eût fait du foin, fût rentrée par exemple en gesticulant dans l'épicerie. Encore maintenant, bien qu'elle fût un peu sale et plus très belle à voir, généralement les commerçants ne l'accueillaient pas mal ; bien qu'elle s'exprimât peu, on lui parlait. Mais se voyant là vêtue, coiffée comme elle était, n'ayant pas le cœur de prendre à témoin qui que ce fût, Victoire poursuivit à pied.

Comme elle devrait dorénavant porter à la main son bagage, il fallut encore l'alléger du superflu. Comme elle ne tirerait pas d'argent de vêtements trop malpropres et parfois déchirés, comme personne n'en voudrait, Victoire les abandonna près d'un collecteur de verre. Elle ne posséda plus alors qu'une paire de chaussures de sport, un pantalon de toile forte et des tricots superposés sous une parka matelassée, mais elle n'avait plus guère de sous-vêtements de rechange qu'elle lavait quand c'était possible, or peu fréquents sont les points d'eau discrets. Elle commença de se déplacer en auto-stop.

Jovial dans une grosse Renault, cheveux

noirs épais lissés en arrière et moustache as-
sortie, le premier homme qui la prit à son
bord était vêtu d'un complet bleu pétrole,
d'une chemise à rayures bleu ciel et d'une
cravate en tricot bordeaux. Une chaînette retenant son signe zodiacal stylisé ballait par-
dessus sa cravate et une tétine fluorescente
surdimensionnée pendait au rétroviseur. As-
surances générales, exposa-t-il, j'assure ce
qu'on veut, j'assure les choses auxquelles
tiennent les gens, vous avez des cigarettes
dans la boîte à gants, ça n'a pas l'air d'aller
bien fort. Ça va, dit Victoire, ça va parfaitement. Ah bon, fit l'homme désappointé, alors
vous allez loin, comme ça ? La jeune femme
eut un geste latéral.

Vous tombez bien, c'est là que je vais, lui
dit une heure plus tard un deuxième conducteur, installé au volant d'un fourgon
noir au rétroviseur duquel se balançait une
silhouette de sapin déodorant. Ça ne vous
gêne pas de vous asseoir à côté de moi, sug-
géra-t-il, je vous proposerais bien derrière
mais le cercueil, évidemment, hein. Ha, fit-il
bruyamment, mais ne vous inquiétez pas, je
roule à vide aujourd'hui. De toute façon c'est
très calme en ce moment, la médecine a fait

tant de progrès. Les gens ne meurent plus. Vous allez où, après ?

Mais justement Victoire ne savait pas bien où. Faute de se résoudre encore à rejoindre une grande ville, elle continuait de choisir au hasard sur sa carte, souvent sur la foi du seul son de leur nom, des agglomérations mineures où elle tâchait toujours de se nourrir et s'abriter pour une ou deux nuits. Cela produirait une errance en dents de scie, pas très contrôlée : s'il se pourrait qu'on fît quelque détour pour l'avancer, il arriverait aussi qu'elle dût s'adapter à une destination, ceci équilibrant cela. Son itinéraire ne présenterait ainsi guère de cohérence, s'apparentant plutôt au trajet brisé d'une mouche enclose dans une chambre.

Elle n'eut donc pas trop de mal, du moins au début, à trouver des automobilistes. En règle générale, les hommes plus souvent que les femmes qui la prenaient à bord de leur voiture se montraient accueillants, parlaient volontiers avec elle. Ce faisant, outre leur personnalité, Victoire observait la marque, la couleur et l'aménagement de leur véhicule qui l'avançait vers un but mal déterminé. Les premiers temps elle était attentive à ces détails, elle finit par y prendre de moins en moins garde.

Il y eut un prêtre au volant d'une R5 sans options, sans radio ni rien, réduite à sa fonction locomotrice : les sièges étaient raides et flottait une puissante odeur de chien bien qu'il n'y eût pas de chien. L'homme était vêtu d'un costume anthracite cartonneux sur un col roulé gris souris, son revers s'ornait d'une petite croix de métal. S'exprimant avec une bienveillance militaire, il conduisait comme on touche de grandes orgues, chaussé de croquenots cognant fort les pédales ; un rameau s'effritait sous le rétroviseur. Il y eut, avec ses trois enfants, une mère de famille menant brusquement une Seat. Du pare-brise déjà constellé des vignettes automobiles des six dernières années, chronologiquement superposées, divers autocollants écologiques et mutualistes contribuaient à compromettre la transparence, compte non tenu des balais d'essuie-glace à bout de course. Victoire était alors coincée contre une portière par deux sujets de quatre et six ans occupés à des exercices de gymnastique incohérente. Agenouillé à l'envers sur le siège avant, ses avant-bras posés sur le dossier, leur aîné considérait la jeune femme fixement. Assieds-toi normalement, Juju, mets ta ceinture, lui dit sa mère avant de proposer à Victoire, tout en la jaugeant dans le rétroviseur, quelques heures de ménage et de baby-sitting. Portant sur la marmaille un regard mauvais, Victoire ne répondit qu'à peine. Il y eut trois garçons goguenards intimidés, en blouson fendillé, entassés à l'avant d'un vieux modèle de Ford Escort. Victoire montée à l'arrière regardait les nuques rases des jeunes types serrés l'un contre l'autre et n'osant pas se retourner sauf celui du milieu, qui voulut tenir des propos ambigus mais que les deux autres firent taire. Régnaient de suffocantes odeurs d'essence et de chien, mais cette fois avec un chien, calmement installé près de Victoire et qui lui adressait des regards polis et navrés comme pour se désolidariser, solliciter son indulgence rapport à la mauvaise tenue de ses maîtres. Au rétroviseur, cette fois, pendait un ballon de peluche blanche à panneaux ciel.

Il y en eut d'autres et puis l'argent vint à manquer vraiment, la vie se fit de plus en plus amère, l'apparence de Victoire commença de laisser vraiment à désirer. Vu son aspect trop négligé, il devint moins facile d'être prise en auto-stop et ses contemporains, lorsqu'elle les abordait dans la rue, comprenaient aussitôt que c'était pour l'argent. Certains donnaient, la plupart guère, et personne ne semblait s'étonner de la misère de cette belle jeune femme alors que d'ordinaire le pauvre est laid.

Avec la petite monnaie récoltée, Victoire se nourrissait de jambon démarqué, de crème de gruyère, des fruits talés qui restent après midi sur les marchés quand les itinérants ont remballé. Toutes choses qu'elle mangeait crues, froides et accompagnées de l'eau des bornes-fontaines. Et les nuits de plus en plus douces, elle les passait maintenant toujours dehors. Trouvant abri dans des lieux isolés, désaffectés, parfois en ruines, avant de s'endormir elle reliait avec une ficelle l'anse de son sac à son poignet. Elle ne fut inquiétée que deux fois, l'une par un ivrogne sédentaire dont elle parvint à se défaire vite, l'autre par un errant de sa condition qui, d'abord, voulut la chasser d'un territoire qu'il tenait pour sien puis qui, se ravisant, souhaita qu'elle restât pour abuser d'elle. L'homme était faible et mal nourri, Victoire sut aussi l'éloigner.

Mais cet incident, plus que les précédents, finit par la convaincre de rejoindre une grande ville enfin : le lendemain matin, le monde sous un ciel étamé présentait un profil plus dur encore que d'habitude et Victoire, découvrant une flèche indiquant Toulouse, se posta près d'elle et recommença d'agiter son pouce. Malgré son apparence maussade, une première voiture s'arrêta vite, il commençait de pleuvoir.

C'était un vieil agriculteur silencieux, vêtu comme un dimanche et menant une vieille 605 bien entretenue, qui ne lui fit parcourir que vingt kilomètres avant de la déposer devant l'étude d'un notaire où il allait vendre son exploitation. Dans la 605 flottait une odeur de grésil et de cendre mais pas de chien bien qu'il y en eût un, couché sur un plaid à l'arrière. Endormi, rien n'eût signalé sa présence s'il ne s'était exprimé en soupirant souvent dans son sommeil. La maison du notaire était construite en rase campagne au bord d'une route peu fréquentée, sinon par des tracteurs et des cyclomoteurs d'ouvriers agricoles qui jetaient un coup d'œil sur Victoire en passant. Elle dut ensuite patienter quelques heures avant que parût, inattendue

en cet espace désert, une Saab ardoise mé-
tallisé aux sièges de cuir fauve et dont le
pare-brise s'ornait d'un caducée de l'an passé.
Elle était menée par un homme seul, tout
aussi muet que l'exploitant mais dont les
silences dénotaient peut-être une légère
ivresse, un éventuel désespoir. L'installation
quadriphonique délivrait, réglée au plus
près, des arrangements de Jimmy Giuffre
dans une légère odeur de cachou, de tabac
de Virginie où s'immisçait un lointain parfum de femme disparue. Il l'avança jusque
vers Agen, Victoire descendit de la voiture
en fin d'après-midi.

Puis la nuit et la pluie commencèrent de
tomber, l'une plus sauvagement que l'autre,
et pendant des heures nul véhicule ne vint à
passer, bientôt Victoire se trouva complètement trempée et aveuglée jusqu'à ce qu'une
petite voiture blanche parût freiner enfin à sa
hauteur. Elle ne s'en aperçut même pas tout
de suite, puis elle monta mécaniquement
dans l'habitacle obscur. Vous allez vers Toulouse ? fit une voix d'homme. Victoire ac-
quiesça sans se tourner vers lui. Elle était
hagarde et ruisselante et semblait sauvage et
mutique et peut-être mentalement absente.

De fait elle était à ce moment trop lasse, trop égarée pour observer cet homme autant que les précédents auto-stoppés. Sans s'intéresser à la marque du véhicule, elle n'examina pas son aménagement, ni ce qui pouvait cette fois décorer le pare-brise ou pendre au rétroviseur. Elle s'endormit sur son siège avant que ses cheveux soient secs.

Une heure plus tard, elle fut éveillée par la sensation que la voiture allait s'arrêter. Victoire ouvrit un œil et vit, par la glace embuée ruisselante, un bâtiment lourd et sans grâce évoquant une gare. On est arrivés à Toulouse, fit en effet la voix d'homme, c'est la gare. Ça vous va ? Merci, dit Victoire en frissonnant, ouvrant la portière et tirant son sac après elle toujours sans regarder le conducteur. Puis elle claqua la portière en remerciant encore à peine d'une voix machinale et se dirigea vers la gare. Cependant elle était bien sûre d'avoir reconnu la voix de Louis-Philippe, resté au volant de sa Fiat sans redémarrer tout de suite et qui devait considérer, par sa vitre arrière fraîchement remplacée, Victoire en train de s'éloigner vers la devanture du buffet, gonflé d'une lumière

58

jaune sale et ouvert toute la nuit. Au bar, des types buvaient des bières ; dans un renfoncement près du bar étaient installés des jeux vidéos ; affiché près de ces jeux, un avis prévenait l'usager des risques de crise épileptique en cas d'usage prolongé.

C'est en gare de Toulouse-Matabiau que Victoire finirait par se faire des amis. Mais pas tout de suite. Auparavant, à l'occasion, la force des choses l'avait amenée à côtoyer des gens comme elle sans abri mais elle préférait garder ses distances, n'osant pas prendre langue avec eux. Peu d'entre eux d'ailleurs hantaient la campagne, préférant les villes où ils se croisaient sur les places publiques et sur les marchés, devant les gares et les grandes surfaces. Victoire aimait mieux réduire les échanges quand eux parlaient de solidarité, de se tenir les coudes et d'envisager des actions. Il arrivait qu'ils se prennent de boisson, se cherchent querelle, il arrivait aussi qu'ils parussent pris de boisson n'ayant rien bu. Souvent ils étaient rouges, parlaient d'une voix rouge, esquissaient des élans mais se battaient rarement. Spontanément sociaux, ils semblaient n'aimer pas que l'on fît, dans leur condition, bande à part.

Isolée, Victoire rencontrait cependant des difficultés croissantes pour seulement se nourrir. Un jour elle envisagea bien de se prostituer comme elle l'avait projeté quelques semaines plus tôt, mais il était tard à présent : trop mal vêtue, trop malpropre, elle n'était plus assez présentable pour être un tant soit peu désirée. Sans doute nul passant ne se laisserait tenter, seuls peut-être accepteraient ce marché ses semblables qui, justement, n'auraient pas les moyens de payer.

Ceux-ci, la plupart du temps, se tenaient en groupe et comparaient leurs projets, ou manifestaient seulement de l'amertume et grommelaient. Ils étaient égarés, ils n'avaient pas beaucoup de conversation. Tant qu'elle se tint en marge de la société, il y en eut pour considérer Victoire avec méfiance, la suspectant d'on ne savait quoi. Bien qu'à la rue comme eux, bien que misérable, à certains détails sans doute n'offrait-elle pas le profil habituel des errants. Comme à plusieurs reprises on lui en faisait la remarque, forgeant des hypothèses et posant des questions, ce fut pour y mettre un terme qu'elle décida de faire alliance et se protéger ainsi du soupçon. Ayant étudié les groupes déjà constitués près de la gare, Victoire finit par choisir un couple dont l'homme répondait au nom de Gore-Tex et sa compagne à celui de Lampoule. Gore-Tex paraissant détenir sur les autres un semblant d'ascendant, quoique discret, peut-être ne serait-il pas mauvais de s'allier avec eux.

Lampoule était une fille étique aux yeux délavés, aux dents poreuses, à la peau transparente par laquelle se voyaient nettement ses veines, ses tendons, ses os. Ses ongles étaient décalcifiés mais elle souriait une fois sur deux. Gore-Tex, deux fois plus vieux que Lampoule, devait sans doute son nom à son unique richesse, une chaude et solide parka doublée de cette matière. Il était un homme affable et costaud, plutôt grand, plutôt beau mais dont la douceur présentait un désavantage : inapte à dire du mal de qui que ce fût, son commerce était un peu fade, c'est donc avec Lampoule surtout que Victoire s'entendit. Gore-Tex possédait également un chien sans nom retenu par une corde, et par ce chien se faisait appeler papa : viens voir papa, va voir papa là-bas, demande à boire à papa, mange bien la bonne boîte à papa. Attention, papa va se fâcher.

Dès lors, Gore-Tex, Lampoule et Victoire dormirent ensemble agglutinés dans leurs vêtements dans des abris de fortune, des chantiers de construction ou de démolition mais aussi sous une bâche, une toile peinte, un film plastique et sans pratiquement jamais rien de sexuel entre eux. On ne savait comment Gore-Tex, quand on commençait d'avoir faim, redécouvrait toujours au fond d'une poche les mêmes trente-cinq francs permettant à Victoire d'accompagner Lampoule chez l'épicier discount.

Ils vécurent ainsi deux ou trois semaines à Toulouse, se déplacèrent dans d'autres villes de la région, puis vint l'été. Puis il advint que, dans nombre de municipalités, les citoyens moins que les élus se lassèrent de voir des vagabonds, souvent accompagnés d'animaux familiers, investir leurs cités bien peignées, vaguer dans leurs parcs, leurs centres commerciaux, leurs quartiers piétonniers, vendre leurs magazines misérables aux terrasses de leurs si jolies brasseries. Donc nombre de maires conçurent d'ingénieux arrêtés prohibant la mendicité, la station allongée dans les espaces publics, le regroupement de chiens sans muselière ou la vente de journaux à la criée, sous peine d'amende et de mise en fourrière suivie de frais de fourrière. Bref on entreprit d'inciter les gueux à courir se faire pendre ou simplement se pendre ailleurs. D'où la pression chaque jour plus forte exercée sur Victoire et les siens de se replier sur des cités moins importantes ou d'aller battre la campagne.

Comme le chien de Gore-Tex, deux fois, frôla sérieusement la fourrière, comme on ne voyait pas comment en assurer les frais, force fut de quitter la ville après délibération. On partit sur les routes en direction de l'ouest sur les insistances de Lampoule, que les descriptions des Landes par Victoire avaient séduite. Gore-Tex disait d'ailleurs beaucoup attendre du monde rural où, selon lui, des travaux agricoles à la journée pouvaient toujours se présenter. Lampoule sourit à cette idée mais, dans les bleds et les campagnes, jamais on ne leur proposa quoi que ce fût. On continua d'errer. Malgré l'expérience de Victoire et sa connaissance des lieux, il était à présent plus difficile de trouver à se nourrir et des abris pour la nuit : à trois on ne passe pas inaperçu dans un village, on éveille les circonspections sans provoquer la sympathie qu'une jeune femme seule peut recueillir. Faute de mieux on finit par en venir, sans intention de nuire, à perpétrer quelques larcins.

Le premier se commit par hasard, une nuit que Lampoule et Victoire parties en reconnaissance cherchaient un refuge dans un bourg de mille âmes couchées tôt. Évitant les maisons habitées, cherchant plutôt des accès de hangars ou de remises, une porte sollicitée céda toute seule sous leur poussée. Au dos d'une épicerie de la chaîne régionale Guyenne et Gascogne, elle s'ouvrait sur un local de stockage des denrées. Sans se concerter, sans échanger un mot, sans même y penser, naturellement on préleva quatre boîtes de sardines et de pâté, deux bouteilles de vin rouge, un fromage industriel et quatre briques de lait stérilisé. Puis au plus vite on quitta l'agglomération pour consommer ces nourritures à bonne distance, à la lisière d'un pré dans le noir. Jamais Gore-Tex ni Lampoule ni Victoire n'en étaient arrivés à telle extrémité, mais la simplicité du geste incitait à poursuivre. On récidiva donc, même de jour.

Mais prudemment, sans excès, toujours

selon le même procédé simple : pendant que Victoire circonvenait l'épicier, Lampoule faisait main basse sur un ou deux produits de première nécessité, toujours en faible quantité, toujours cela marchait. Tout marchait jusqu'à ce soir d'orage où Lampoule, n'ayant pas bien serré sous sa tunique deux boîtes de raviolis, laissa tomber l'une d'elles au moment de franchir la porte. Ah nom de Dieu, s'écria l'épicier en contournant précipitamment sa caisse. Ah saloperie de bordel de nom de Dieu, développait-il en s'élançant après les jeunes femmes qui, ayant déjà envisagé pareille issue, s'étaient mises à courir comme prévu dans deux directions opposées.

Parmi les voisins et clients venus prêter main forte au commerçant, Victoire sentit au bout de peu de minutes que deux plus gros que les autres galopaient en jurant et soufflant, à cinquante ou cent mètres derrière elle. Avisant dans sa course un vélo penché contre un mur à droite, elle en saisit au passage le guidon, l'enfourcha dans le mouvement puis se mit à pédaler frénétiquement. Elle s'était assez entraînée quelques semaines auparavant, elle avait affiné sa pratique de ces machines. Mais celle-ci n'était qu'un foutu vélo vert-de-gris minable au timbre atone, aux jantes oxydées, aux garde-boue vibratiles : dynamo rétive, pédales dépareillées, pignons édentés, fourche asymétrique et pneus à plat. Et pas de pompe. Et la selle déhiscente vous déchirait affreusement le cul. Et la pluie tombait.

Malgré ces handicaps, Victoire parvint à prendre assez de vitesse pour entendre bientôt faiblir les injures et les cris dans son dos. Sous le ciel obscur, sous les lampadaires pâles qui s'allumaient en toussaillant, elle chercha une sortie du bourg en direction de n'importe où. Bientôt elle dépassa le dernier lampadaire et s'enfonça dans le noir. L'entreprise n'était pas commode : le petit phare jaunasse ne se révélait d'aucune utilité, bientôt elle n'y verrait plus rien. Ses cheveux, de plus, lui tomberaient dans les yeux, l'eau de pluie ruisselant sur son visage achèverait de l'aveugler mais elle continuerait de pédaler, maintenant son cap autant qu'elle le pourrait, concentrant toute son attention sur le bord de la route qu'une ligne blanche discontinue, à moitié effacée, matérialisait tant bien que mal.

Elle roula, quelques autos l'éblouirent en la croisant, l'éclaboussèrent en la doublant mais aucune d'entre elles ne semblait transporter de poursuivants. Au bout de quelques hectomètres il était vraisemblable qu'ils avaient laissé tomber, cependant Victoire ne ralentit point son allure. Trempée jusqu'aux coutures de ses vêtements, grelottante, elle continuait de pédaler de plus belle et tout à son effort n'aperçut pas le panneau triangulaire prévenant, sur la gauche, d'un virage aigu. Soudain la ligne blanche s'évapora dans l'ombre, Victoire n'eut pas le temps de vouloir comprendre que déjà sa roue avant dérapait sur l'amorce d'un fossé peu profond puis, sa machine versant, Victoire se trouva projetée au-delà du fossé, dans un roncier délimité par une barrière contre laquelle sa tête vint donner vivement. Mais tant qu'à mourir un jour autant que ce soit maintenant que tout est foutu dans la nuit, la pluie, les ronces, le froid, autant perdre conscience comme on accueille en souriant l'anesthésiste au seuil d'une opération sans espoir. Ainsi les sensations, les bruits ambiants – chaîne étranglée, froissement de garde-boue, dernier soupir du timbre et cliquetis indéfini de roue libre –, tout cela s'en fut en un rien de temps.

Victoire ne reprit conscience que long-temps plus tard, sans ouvrir aussitôt les yeux ni se rappeler quoi que ce fût de son passé, comme elle s'était éveillée quelques mois plus tôt chez Félix mort.

Elle se trouvait alors allongée sous une couverture rêche et raide, tirée sur elle jus-qu'au menton. Victoire porta d'abord une main à son front, couvert d'un linge humide plié comme une compresse avant que s'éveil-lent, l'une après l'autre, des sensations qui faisaient surgir d'abord isolément le souvenir de leur origine puis, s'associant et se recou-pant, faisaient renaître la mémoire en géné-ral. Une douleur étouffée dans sa tête lui fit se rappeler la barrière et de longues brûlures sur ses mains, ses cuisses et l'une de ses joues lui remémorèrent le roncier, puis elle entrouvrit une paupière. La lumière était faible autour d'elle, d'un jaune un peu rance, à moins que cette impression provînt de l'odeur. Tournant les yeux, Victoire distingua deux hommes assis non loin d'elle dans deux fauteuils dis-parates et qui la regardaient de part et d'au-tre d'une lampe à pétrole.

À même son torse nu, l'un d'eux était vêtu d'un anorak beige matelassé dont une manche était déchirée, l'autre d'un tricot marine de camionneur, tous deux portaient de larges blue-jeans maculés de terre et de graisse et de grosses chaussures de marche montantes. L'homme à l'anorak était brun, de morphologie sèche avec un regard vif sans bonté. L'autre était plus massif et moelleux, presque chauve, et ses grosses lèvres ne souriaient guère non plus, et son visage rappelait celui de l'acteur de cinéma Zero Mostel, et Victoire fut surprise et brièvement fière de ce que, dans son état, cette ressemblance lui apparût sur-le-champ. Ces deux hommes se taisaient.

Victoire voulut parler, mais d'abord pour dire quoi, puis une nausée l'envahit dès qu'elle essaya d'agiter ses lèvres, si sèches au demeurant qu'elles paraissaient des croûtes grumeleuses et racornies, corps étrangers à sa personne. Taisez-vous donc, fit à voix basse l'homme sec, ne parlez pas encore, restez tranquille. Vous êtes bien à l'abri ici. L'autre s'était éloigné pour saisir une bouilloire sur une bonbonne de Butane coincée entre deux cantines.

Ayant hoché la tête – mais dans ce mouvement tout son corps basculait en arrière –, Victoire ferma les yeux – tout bascula de plus belle – puis les rouvrit ; précautionneusement elle inspecta les lieux. Elle reposait sur un matelas jeté à même un sol de terre battue, dans une petite pièce au plafond bas, genre de cabane aux murs faits de plaques assemblées d'Éverite, de Placoplâtre et de fibrociment. Des images pieuses et des photos profanes extraites de magazines géographiques, pornographiques et sportifs ornaient leur surface en compagnie d'échantillons de papier peint. Le mobilier consistait en caisses de formats divers, avec un autre matelas plus grand poussé contre le mur d'en face, mais aussi quelques fauteuils et tablettes endommagés et raccommodés. Par terre traînaient autant d'ustensiles de cuisine que d'outils, des étoffes hésitant entre habit et chiffon, des sacs publicitaires sur des souliers, un réveil mécanique arrêté à onze heures, une radio surmontée d'une fourchette fixée dans le tronçon d'antenne par une de ses dents.

Zero Mostel revint avec un bol et le tendit à l'homme sec qui en fit boire doucement le contenu à Victoire, par petites gorgées, lui soutenant la tête. Il pouvait s'agir de bouillon de poule en sachet qu'aromatisaient, semblait-il, des herbes. C'était chaud, cela se diffusait lentement et uniformément dans le corps, Victoire se rendormit presque aussitôt après. Quand elle rouvrit les yeux, peut-être le lendemain, elle était seule. Obturé par une feuille de plastique, un trou dans le mur laissait deviner un soleil vif établi haut dans le ciel. La porte de la cabane s'ouvrit, poussée par l'homme sec qui s'immobilisa dans l'embrasure, tenant un lapin mort par les oreilles. Victoire et cet homme échangèrent un regard puis l'homme sourit et, saisissant un long couteau à désosser, d'un geste vif décapita l'animal dont le corps tomba sur ses chaussures et Victoire s'évanouit à nouveau.

L'homme sec s'appelait Castel, Zero Mostel Poussin. Castel et Poussin répondaient tous deux au prénom de Jean-Pierre donc il serait plus simple, envisagea Poussin tout en remontant l'oreiller de Victoire à son réveil suivant, pendant que Castel faisait cuire le lapin, de nous appeler plutôt par nos noms. Sinon on ne s'y retrouvera plus. Poussin paraissait moins abrupt que Castel, ses manières n'étaient pas si raides : reprenant ses esprits, Victoire avec lui fut un peu rassurée.

Les deux hommes avaient une cinquantaine d'années, des manières de chemineaux mais ils s'exprimaient avec une précision non exempte, chez Poussin, de préciosité. La voix de Castel était un peu cassée, lyophilisée, sèche comme un échappement de moteur froid, quand celle de Poussin sonnait tout en rondeur et lubrifiée, ses participes glissant et patinant comme des soupapes, ses compléments d'objet dérapant dans l'huile. Ils vivaient, sans argent, à l'écart des hommes et se nourrissaient de restes récupérés la nuit dans les décharges et les poubelles proches, et parfois également de petits animaux qu'ils savaient capturer, lapins mais aussi hérissons voire lézards, et sexuellement semblaient se satisfaire l'un de l'autre. Ce qui est tout bénéfice pour vous, fit un jour observer Poussin à Victoire. Car faute de quoi vous aurions-nous violée, sans doute, et qu'aurions-nous bien pu faire de vous après ?

Ils menaient cette existence depuis trois ans sans avoir été dérangés. Suite à leur mise à pied dans la même entreprise de composants électroniques où ils exerçaient des fonctions mal rémunérées, plutôt qu'errer dans l'état de chômage en région parisienne ils avaient décidé de se retirer à la campagne. Leurs moyens ne leur permettant pas de réaliser bourgeoisement ce projet, c'est après de longues marches et de soigneux repérages dans la région, dont le climat leur convenait, qu'ils avaient découvert cette ruine isolée. Ils l'avaient investie, consolidée, aménagée au mieux, et bien que les premiers temps, regrettait Poussin, eussent été un peu rudes, ils y avaient pris goût avant de s'y habituer. Victoire s'inspira de leur récit pour en forger un qui pût justifier sa propre situation. Divorce, licenciement, saisie, délits mineurs, vagabondage, maille à partir avec le tribunal correctionnel et dérive sans objectif. Enfin voilà, conclut-elle, j'ai l'impression de m'être perdue. Ce n'est pas forcément plus mal, dit Poussin. Si nous ne nous perdions pas, nous serions perdus.

C'est avec lui que Victoire s'entendit le mieux, d'abord, lui qui avait soigné les blessures consécutives à sa chute de vélo, puis réparé le vélo. C'est avec lui qu'elle resta les premiers temps à la maison pendant que Castel partait à la pêche, à la chasse, à la recherche des matières premières ou des restes qu'il revenait à Poussin d'accommoder ; on causait. Puis ce fut à Castel de se détendre et d'emmener Victoire dans ses expéditions, qui acquit ainsi quelques techniques élémentaires, chasse au merle à l'arc, saisie du goujon à main nue, construction de pièges avec trois grosses pierres et deux brindilles en rupture d'équilibre, toutes choses proscrites par le législateur. Elle s'informa des précautions à prendre dans l'exercice de ces activités menées sans permis, en des temps défendus et des lieux réservés, au moyen d'engins prohibés. Ensemble ils se rendirent aussi la nuit dans les décharges, sur des chantiers, pour y chercher un pot de peinture ou un sac de ciment, du gaz, des fauteuils et tablettes que rafistolerait Poussin.

Par prudence, donc par principe, rare était le recours à l'appropriation, strictement réservée aux biens dont on a besoin neufs, ceux qu'on ne peut remplacer par leur double usagé – somme toute assez peu de choses quand on y pense, moins qu'on croirait. Les ingrédients alimentaires de base, les lames de rasoir, les bougies, à l'occasion le savon. Pour tout le reste on pouvait s'arranger dans le récupéré. Même les chaussures dont le monde se débarrasse souvent à moitié neuves, voire neuves de temps en temps, quoique ce ne soit pas forcément la bonne pointure ; même les piles à peine vierges dans les télécommandes jetées. Cependant, pour les besoins de Victoire il arriva qu'à titre exceptionnel on s'emparât de sous-vêtements étendus à sécher sur un fil. Et les soirs on jouait aux cartes au son du poste, la musique et les retransmissions sportives, on suivait les informations.

Victoire, ces derniers mois, n'avait pas beaucoup lu les journaux. Au pavillon du golf, elle n'y cherchait sans les trouver que des nouvelles de Félix et se contentait des titres. Elle avait continué de les parcourir plus tard, avec Lampoule ou seule, aux étals des maisons de la presse ou découvrant parfois, dépassant d'une corbeille ou posé sur un banc, le quotidien de l'avant-veille à peine lu vu que les informations, l'été, l'homme les suit moins. L'homme sait que ses maîtres le savent qui en profitent, comme il dort, pour mettre au point de grandes manœuvres qu'il n'aura pas à discuter à son réveil, hébété, saluant ses nouveaux chefs en payant les nouveaux tarifs. Mais Castel et Poussin, quoique hors du monde, gardaient un œil sur celui-ci. C'est ainsi qu'on apprend l'ouverture de la pêche. Tôt le matin de l'ouverture, Castel emmena Victoire au bord d'un petit étang proche et limpide, ovale comme un miroir portatif, prolongé par un étroit canal en forme de manche de miroir portatif et l'on prit deux tanches.

Les jours suivants, Victoire s'en fut passer plusieurs moments près de cet étang bordé de grands peupliers au feuillage compact de broussaille géante ; elle s'asseyait sur la rive opposée. L'été, la plupart du temps, nul mouvement d'air n'anime ces arbres, dédoublés comme des rois de cartes à jouer sur l'eau, dans le fond de quoi circulent quantité de brochets, de black-bass, de sandres qui se menacent et se poursuivent sans trêve, s'accouplent et s'entredévorent sans merci. Leur trafic froisse et brouille parfois la surface où discrètement alors, comme sous un léger souffle, s'agitent les reflets des arbres – comme si l'étang, soucieux de les voir trop fixes, remplaçait le ciel en produisant une illusion de vent. C'est aussi parfois le contraire, un vent réel secoue les frondaisons mais plus vivement encore la surface où leur image trop agitée devient, alors, incohérente – comme si par aucun temps ces peupliers ne pouvaient s'entendre avec leur reflet.

Au milieu du mois d'août, le vent les agita plus souvent, plus fort, il plut, Poussin fit observer que c'est comme ça tous les étés, le temps vire le quinze. Ce ne fut plus en effet qu'une suite et fin d'été, dernière étape de la saison : s'il fait encore parfois très chaud on sent que ça ne carbure plus, qu'on a coupé le moteur, que cette chaleur n'est qu'une queue de comète en roue libre, une auto en panne dans une pente, on perçoit le pointillé frais qui a commencé d'ourler les hautes températures, on voit que les ombres s'allongent. Comme sa vie chez les deux hommes rappelait à Victoire des vacances, vacances à la dure mais vacances, les prémices de l'automne évoquaient la rentrée, la question de la rentrée. Comme elle écartait cette question, sans doute un chasseur donna la réponse.

Sans doute un chasseur, las de retrouver des lacs et des collets, se mit-il à surveiller la zone, finit par aviser Castel, en rendit compte à quelque autorité puisqu'un frais matin du début septembre, on se levait à peine, on se parlait à peine, on préparait le café en différant le moment de se laver les dents quand le bruit de son moteur précéda le fourgon bleu de la gendarmerie. Victoire à peine habillée se tenait encore dans la cabane quand il parut : le temps de passer une veste et des chaussures, le temps que le fourgon se gare et d'attraper un sac, que deux hommes en descendent et d'y enfouir deux trois trucs, elle profita de ce qu'ils s'approchaient d'abord de Poussin, occupé à pisser dans le décor, pour quitter la cabane au premier angle mort. Passant la porte, rasant un mur, cœur qui palpite et pointe des pieds, elle rejoignit la forêt proche. Peu de feuilles mortes encore risquaient de signaler ses pas, mais elle s'enfonça dans les arbres très lentement d'abord et retenant son souffle puis, s'estimant à distance suffisante, elle se mit à courir trop vite et sans doute trop longtemps jusqu'à trouver une première route et puis une autre et puis une autre encore, flanquée d'une vieille borne kilométrique usée jaune et blanche. Victoire s'assit sur cette borne et noua ses lacets.

Les jours suivants, dépourvue de carte elle s'orienta n'importe comment, au gré de panneaux indicateurs et sans but précis. Elle marcha quelquefois pendant la nuit, dormait les après-midi, ramassa du pain jeté, des légumes dédaignés ainsi qu'un sac plastique dont elle nouait les anses pour les transporter. Victoire devint sale et bientôt débraillée, de plus en plus de monde semblait avoir de moins en moins envie de la prendre en stop, d'autant moins qu'elle semblait ne plus même trop savoir, quand on la prenait, dire sa destination. Et pour faire bonne mesure et qu'on lui foute la paix, Victoire se mit à se comporter comme une personne retardée, comme elle imaginait qu'on l'est, souvent de fait on la prit pour telle. Il arriva qu'elle se mît à parler seule, souvent sous forme de réponses parfois détaillées mais parfois aussi monosyllabiques comme pendant une interview, un oral d'examen ou un interrogatoire dont on ne comprend pas bien les questions. Elle ne pratiqua plus l'auto-stop qu'après la tombée du jour en supposant que, moins visible, son apparence dissuaderait moins.

Il arriva aussi que le troisième soir de sa nouvelle solitude, Victoire marchait encore au bord d'une route en levant un vague pouce sans même se retourner au premier bruit de moteur, un faisceau de phares lui tiédit légèrement les reins mais le véhicule la dépassa sans freiner. Comme elle y jetait un regard, elle crut reconnaître une voiture un peu vieille, du même type que celle de Gérard mais sans pouvoir – trop vite, trop sombre – en distinguer l'intérieur. Elle s'arrêta de marcher, les feux arrière décrurent très rapidement et disparurent dans un virage brusque ; s'il était impossible que le conducteur ne l'ait pas vue, il était peu certain qu'il l'ait reconnue. Victoire reprit sa marche.

Elle s'efforça de ne pas la ralentir en découvrant à la sortie du virage brusque la Simca Horizon stationnée sur le bas-côté, feux de position allumés, moteur éteint. Victoire dut se convaincre de la dépasser d'un pas normal, allure habituelle et visage absent mais, comme elle parvenait à sa hauteur, la vitre en se baissant découvrit un des sourires de Gérard. Je n'étais pas sûr que c'était vous, dit Gérard, je n'ai pas freiné tout de suite, et Victoire ne lui répondit pas. Ça ne me paraissait pas possible, poursuivit-il, ça me fait plaisir. La désignant du regard, son sourire élargi dénotait moins le plaisir que le divertissement, Victoire se détourna pour se remettre en marche mais attendez, fit Gérard, vous allez où comme ça, je peux vous mener quelque part ? Montez donc, elle monta.

À ceci près qu'il était neuf et de meilleure qualité, Gérard portait le même manteau qu'avant, mêmes matière et couleur et Victoire estima rapidement son prix, puis la proportion de cette somme dans son argent volé. Gérard démarra puis on parcourut une douzaine de kilomètres et Gérard freina, rangea l'auto dans une entrée de voie privée, coupa le contact, éteignit les phares et se tourna vers la jeune femme. On parle un peu, dit-il, on discute. Comme il posait sa main sur l'avant-bras de Victoire, son sourire s'enrichit dans le noir d'une note supérieure de divertissement, mais foutez-moi la paix, cria Victoire en ramenant son bras, observant au passage que c'était la première phrase qu'elle prononçait de la journée. Allons, dit Gérard. Moi la paix, répéta confusément Victoire. Pas toujours dit ça, rappela-t-il. Mon fric, dit Victoire, et Gérard ne cessa de sourire que pour hennir d'un rire étonnamment joyeux. Mais quel fric, cria-t-il à son tour en renversant ses mains devant lui avec une mimique clownesque, et Victoire dit encore mon fric, mon argent que tu m'as, pendant qu'il riait encore. Bien sûr que non que ce n'est pas moi, se reprit Gérard en dessinant un sourire suave spécialement préparé à l'usage des personnes retardées. Et même si c'était moi, vous n'auriez pas une preuve. Je sais, dit Victoire, tu sais que je le sais. Bon, dit Gérard, allez aux flics si vous en êtes sûre, hein, pourquoi vous n'allez pas aux flics, vous n'êtes pas mieux avec moi que chez les flics ?

Ce disant il posait une main sur l'épaule de Victoire et l'autre sur sa taille en l'attirant vers lui, tout en tâchant de maintenir ses bras, et juste avant qu'il ne parvienne à l'immobiliser Victoire n'eut que le temps de lancer vers ses yeux deux de ses doigts, fermement déployés en v, puis d'ouvrir la portière à toute allure. Laissant l'homme crier seul et jurer abominablement, elle s'enfuit encore vers les arbres, dans les taillis et les ronciers parmi lesquels, jusqu'au lever du jour, elle évita les routes de crainte de retomber sur lui, tremblante, ne se rendant compte qu'au matin qu'elle avait oublié son sac plastique dans la voiture.

Plus tard, un humide jeudi de mi-septembre, l'automne s'étant précisé, Victoire avait été d'abord embarquée par un vétérinaire puis par un marchand d'articles de sport très gentil qui s'était garé devant un débit de boissons mal éclairé en rase campagne. Il lui avait proposé de lui offrir un truc chaud, ce qu'elle voudrait – du lait, du thé ensuite –, avait pris quelque chose avec elle avant de repartir dans le mauvais temps, Victoire était restée seule. Mal éclairé mais déjà surchauffé, ce débit : le radiateur à gaz installé près du bar était poussé à fond, des toiles cirées rayées couvraient les tables, des rideaux raides pendaient aux fenêtres, une incomplète collection de bouteilles patientait derrière le bar au-dessus de six cartes postales jamais postées bien loin, punaisées puis conchiées par les mouches derrière un petit rang de trophées. Cela sentait la cuisine familiale et la soude, le pain d'épice et le vieux saucisson.

Peu de monde, un patron par intermittence qui s'absente comme s'il était seul vers sa cave et sa cour et, à part Victoire, deux clients, l'un pilier structurel de permanence debout au bar, l'autre conjoncturel de passage, assis. On se tait. Parfois, pour occuper

83

le silence, le structurel parle au patron qui ne répond pas quand il est là, puis au conjoncturel qui se contente d'acquiescer. Une horloge s'occupe de combler les vides avec le thermostat du radiateur à gaz, qui déclenche cycliquement de brefs embrasements sourds. Il fait chaud, une femme entre et sort à deux reprises, dit chaque fois quelque chose, peut-être qu'il fait trop chaud, sans qu'on distingue précisément ce qu'elle dit et à qui. Le client de passage finit par sortir et le permanent par se taire, qui ne se retourne même pas lorsque s'ouvre la porte et que paraît Louis-Philippe.

Comme elles passaient brusquement d'une humidité froide à l'étuve du débit de boissons, les lunettes de Louis-Philippe s'embuèrent dès qu'il eut franchi la porte. Ne les ôtant pas pour les essuyer, Louis-Philippe traversa l'établissement sans que ses yeux fussent visibles, masqués derrière un brouillard portatif. Parvenu au bar, ayant passé commande à voix basse, Louis-Philippe orienta ses verres aveugles vers la salle puis, les ayant braqués sur Victoire, il marcha vers sa table et s'assit en face d'elle. Alors la buée commença lentement de se défaire et, symétriquement, sur chaque verre à partir du centre, Victoire ne distingua d'abord que la pointe noire de chaque pupille, puis très progressivement l'iris et le blanc. Louis-Philippe attendit que de ses deux yeux tout fût visible, jusqu'aux sourcils à cheval sur la monture, pour commencer de parler.

L'affaire Félix était close, fit-il savoir, il ne fallait plus y penser. On avait fini par la classer en écartant toute responsabilité de Victoire. Bien que sa disparition eût d'abord intrigué, on n'avait qu'à peine envisagé de retenir quoi que ce fût contre elle. Pas de soupçon ni même de supposition : elle pouvait maintenant rentrer à Paris. Je ne te propose pas de te ramener, je pars dans l'autre sens vers l'Espagne. Tout le temps qu'il parla, Victoire considéra Louis-Philippe avec un air d'indifférence et sans donner l'impression de bien comprendre. Pourtant, le soir même, par les voies secondaires elle rejoignit Bordeaux, là se posta près du péage de l'autoroute et dix heures plus tard elle était à Paris.

Un semi-remorque Scania pourpre l'ayant déposée à l'embranchement de l'autoroute de Metz, de là Victoire marcha jusqu'à la porte de Bercy puis suivit l'arc des Maréchaux vers le nord. Porte de Montreuil, elle prit à gauche dans la rue d'Avron vers la Nation d'où elle emprunta, toujours en direction du nord et dans l'axe du métro, l'allée centrale des boulevards qui se succèdent par le Père-Lachaise, Belleville puis Stalingrad.

Après La Chapelle occupée par des baraquements d'attractions foraines, Victoire suivit Rochechouart puis Clichy, sans quitter leur allée médiane qui est une jetée entre les flots adverses de véhicules. Cette jetée, meublée de bancs et d'arbres, est peuplée d'hommes oisifs, d'hommes âgés, d'hommes immigrés, d'hommes parfois les trois en même temps assis sur ces bancs, sous ces arbres, et qui regardent voleter à leurs pieds feuilles mortes et papiers froissés. Quand le boulevard des Batignolles surplombe les voies de la gare Saint-Lazare, une idée dut venir à Victoire ou se préciser dans son esprit car dès lors son pas se fit rapide et sûr. Elle prit encore à gauche dans la rue de Rome qu'elle descendit, coups d'œil aux violons dans les vitrines, jusqu'à la gare.

Sous des plafonds de bois peint, de croisillons métalliques et de verre armé, la salle des pas perdus de la gare Saint-Lazare est un long rectangle bardé sur ses longueurs de distributeurs automatiques de tickets. Ses largeurs sont occupées à l'ouest par le Snack Saint Lazare Brasserie, à l'est par un monument bidimensionnel et commémoratif des agents du réseau morts pour la France. Devant le snack, jouxtant une cage en verre contenant deux vigiles vêtus de plastique noir et porteurs d'appareils à leur ceinture, se trouve la salle de vente des billets grandes lignes dans laquelle Victoire entra.

Une horloge, deux écrans vidéo décorent cette salle, avec une carte de France schématique dont une motrice en perspective occupe le cœur. Victoire se dirigea vers le guichet 14 devant lequel, se renouvelait continûment une file d'attente. Les guichetiers se tenaient derrière une vitre protégée par un rideau lavande et dont un trou circulaire occupait le centre. Des candidats au voyage faisaient état, par ce trou, d'un éventail de réductions pour obtenir des allers-retours à moindre prix. Sans leur accorder plus d'un regard, les guichetiers tapaient leur demande sur un clavier puis indiquaient le prix de la prestation. Victoire prit sa place dans la file et, quand son tour fut venu, prononça juste à mi-voix le nom de Louise.

De l'autre côté de la vitre, une jeune femme releva vivement la tête en ouvrant grand les yeux. Qu'est-ce que tu fais là, demanda Louise. Ça va, dit Victoire, ça va bien. Considérant les vêtements de Victoire, ses cheveux puis son expression, Louise parut sur le point d'émettre un commentaire puis, se ravisant, se tut. Je t'expliquerai, dit Victoire. Écoute, dit Louise en désignant d'un sourcil la nouvelle file déjà formée derrière Victoire, je n'ai pas trop le temps, là, qu'est-ce qu'il te faut ? Tu vas où ? Tu as une réduction ? Non, dit Victoire, je ne vais nulle part. C'est plutôt que je reviens. Je t'expliquerai, promit-elle encore, mais est-ce que tu pourrais me loger ce soir, juste pour la nuit ? Ça ne tombe pas trop bien, dit Louise, c'est un peu difficile. Je vis avec Paul à présent, tu te souviens de Paul, tu sais comme il est. Et puis tu sais comme est l'amour, toujours pareil, c'est la compassion ou le reflet.

Il est surprenant que ce trou circulaire dans la vitre, conçu pour transmettre des informations strictement ferroviaires et d'un contour plus régulier que celui que Victoire a vu se former, six mois plus tôt, sur la voiture de Louis-Philippe, puisse véhiculer de tels points de vue sans que tout le système explose. Essaie peut-être de voir avec Lucien, plutôt, suggère Louise, tu as l'adresse ? Je crois, réfléchit Victoire, dans le treizième ? Je vais te la noter, dit Louise, c'est en bas du boulevard Arago, tu as un peu d'argent sur toi ? C'est-à-dire, dit Victoire, non. Tiens, dit Louise.

Victoire prit le métro jusqu'à Denfert-Rochereau puis descendit le boulevard Arago qui ressemble, en octobre, à l'image de l'automne dans un ancien manuel scolaire. Profilé en boomerang, il est bordé d'arbres roux d'où par temps frais, lumière grise et ciel bas, tombent des marrons qui rebondissent parfois sur les voitures en négatifs de balles de golf. L'appartement de Lucien se trouvait tout en bas du boulevard, vers les Gobelins, Victoire pourrait y passer une quinzaine de jours.

Elle connaissait à peine Lucien, croisé deux fois chez Louise, mais leurs horaires n'étaient heureusement pas compatibles. Presque jamais ils ne se croisèrent dans ces deux pièces, Victoire dormait encore quand il s'en allait tôt le matin, sans la retrouver chez lui en fin d'après-midi, s'étant endormi lorsque Victoire rentrait assez tard le soir. À son réveil, au bord de la baignoire, Lucien trouvait dans un cheveu de Victoire une ligne d'écriture, une longue signature détaillée, tous ses prénoms suivis d'un paraphe à méandres.

Victoire, les semaines suivantes, évita les lieux qu'elle avait l'habitude de fréquenter auparavant. Puis quand même un soir de la mi-novembre, ayant presque retrouvé son apparence normale, elle se risqua jusqu'au Central. Elle ne s'y était plus rendue depuis la veille de son départ mais à peine entrée, debout près du bar en compagnie d'une belle femme, elle aperçut Félix.

Félix, qui avait l'air en pleine forme, ne parut pas manifester quelque émotion particulière en voyant approcher Victoire. Alors, s'exclama-t-il seulement, où est-ce que tu étais passée ? Je t'ai cherchée partout, je te présente Hélène. Victoire, souriant à Hélène, s'abstint de demander à Félix comment il n'était pas mort, ce qui eût risqué d'infléchir l'ambiance, et préféra commander un blanc sec. Et Louis-Philippe, dit-elle, tu l'as vu ces jours-ci ? Ah, dit Félix, tu n'as pas su. Je suis désolé. Je vous laisse un instant, dit Hélène. Je suis désolé, répéta Félix à voix basse après qu'elle se fut éloignée, je croyais que tu savais. On n'a pas trop compris ce qui s'est passé pour Louis-Philippe, on n'a jamais bien su, je crois qu'on l'a trouvé deux ou trois jours après dans sa salle de bains. C'est tout le problème quand on vit seul. Ça s'est passé juste au moment de ton départ, ça va faire quoi, un an, un peu moins d'un an. J'ai même cru un moment que tu étais partie à cause de ça. Mais non, dit Victoire, bien sûr que non.

CET OUVRAGE A ÉTÉ ACHEVÉ D'IMPRIMER LE
DIX-HUIT JANVIER DEUX MILLE SEIZE DANS LES
ATELIERS DE NORMANDIE ROTO IMPRESSION S.A.S.
À LONRAI (61250) (FRANCE)
Nᵒ D'ÉDITEUR : 5919
Nᵒ D'IMPRIMEUR : 1506000

Dépôt légal : janvier 2016

Robert Linhart, *L'Établi*.
Laurent Mauvignier, *Apprendre à finir*.
Laurent Mauvignier, *Dans la foule*.
Laurent Mauvignier, *Des hommes*.
Laurent Mauvignier, *Loin d'eux*.
Marie NDiaye, *En famille*.
Marie NDiaye, *Rosie Carpe*.
Marie NDiaye, *La Sorcière*.
Marie NDiaye, *Un temps de saison*.
Christian Oster, *Loin d'Odile*.
Christian Oster, *Mon grand appartement*.
Christian Oster, *Une femme de ménage*.
Robert Pinget, *L'Inquisitoire*.
Robert Pinget, *Monsieur Songe* suivi de *Le Harnais* et *Charrue*.
Yves Ravey, *Enlèvement avec rançon*.
Yves Ravey, *La Fille de mon meilleur ami*.
Yves Ravey, *Un notaire peu ordinaire*.
Alain Robbe-Grillet, *Djinn*.
Alain Robbe-Grillet, *Les Gommes*.
Alain Robbe-Grillet, *La Jalousie*.
Alain Robbe-Grillet, *Pour un nouveau roman*.
Alain Robbe-Grillet, *Le Voyeur*.
Jean Rouaud, *Les Champs d'honneur*.
Jean Rouaud, *Des hommes illustres*.
Jean Rouaud, *Pour vos cadeaux*.
Nathalie Sarraute, *Tropismes*.
Eugène Savitzkaya, *Exquise Louise*.
Eugène Savitzkaya, *Marin mon cœur*.
Inge Scholl, *La Rose Blanche*.
Claude Simon, *L'Acacia*.
Claude Simon, *Les Géorgiques*.
Claude Simon, *L'Herbe*.
Claude Simon, *Histoire*.
Claude Simon, *La Route des Flandres*.
Claude Simon, *Le Tramway*.
Claude Simon, *Le Vent*.
Jean-Philippe Toussaint, *L'Appareil-photo*.
Jean-Philippe Toussaint, *Autoportrait (à l'étranger)*.
Jean-Philippe Toussaint, *Faire l'amour*.
Jean-Philippe Toussaint, *Fuir*.
Jean-Philippe Toussaint, *La Salle de bain*.
Jean-Philippe Toussaint, *La Télévision*.
Jean-Philippe Toussaint, *L'Urgence et la Patience*.
Jean-Philippe Toussaint, *La Vérité sur Marie*.
Boris Vian, *L'Automne à Pékin*.
Tanguy Viel, *L'Absolue Perfection du crime*.
Tanguy Viel, *Insoupçonnable*.
Tanguy Viel, *Paris-Brest*.
Antoine Volodine, *Lisbonne, dernière marge*.
Antoine Volodine, *Le Port intérieur*.
Elie Wiesel, *La Nuit*.